1876 Décembre - 18 19

Vente des Lundi 18 et Mardi 19 Décembre

RUE DROUOT, 9, SALLE N° 9

A DEUX HEURES

COLLECTION L. TRILHA

TABLEAUX

ANCIENS

DESSINS, MINIATURES, CURIOSITÉS

EXPOSITION PUBLIQUE

LE DIMANCHE 17 DÉCEMBRE 1876

M⁰ Maurice DELESTRE
COMMISC-PRISEUR
rue Drouot, n° 27.

M. Charles GEORGE
EXPERT
rue Laffitte. n° 12.

PARIS — 1876

V^{ce} RENOU, MAULDE et COCK

IMPRIMEURS DE LA COMPAGNIE DES COMMISSAIRES PRISEURS

Rue de Rivoli, 144.

CATALOGUE

DE

TABLEAUX

ANCIENS

DES DIVERSES ÉCOLES

TOILES DÉCORATIVES

Esquisses par Fragonard, Greuze, Prudhon

DESSINS

MINIATURES, CURIOSITÉS DIVERSES

De la Collection de M. L. TRILHA

DONT LA VENTE AURA LIEU

HOTEL DROUOT, SALLE N° 9

Les Lundi 18 et Mardi 19 Décembre 1876

A DEUX HEURES

Par le ministère de **Me MAURICE DELESTRE**, Commissaire-Priseur,
Successeur de M. DELBERGUE-CORMONT, rue Drouot, 27,
Assisté de **M. CHARLES GEORGE**, Expert, rue Laffitte, 12.

EXPOSITION PUBLIQUE

LE DIMANCHE 17 DÉCEMBRE 1876

—

PARIS — 1876

CONDITIONS DE LA VENTE

—

Elle sera faite expressément au comptant.

Les Acquéreurs payeront CINQ POUR CENT, en sus des enchères, applicables aux frais de la vente.

L'Exposition mettant le Public à même de se rendre compte des Objets, aucune réclamation ne sera admise après l'adjudication.

DÉSIGNATION

TABLEAUX

—

ALBRIER

1 — Portrait de jeune femme, vue en pied, assise,
tenant une lettre.

ASSELYN

2 — Le Passage du gué.

BACICCIO (Gauli, dit le)

3 — Le Commerce et l'Industrie.

BEGA (Cornille)

4 — Intérieur flamand à trois personnages.

BELLOTTO

5 — Fête vénitienne.

BOUCHER (École de)

6 — Deux Dessus de porte : Adonis et la naissance de
l'Amour.

BREECKELINCAMP

7 — L'Éplucheuse de légumes.

BRONZINO

8 — Portrait de Dianora Frescobaldi.

CANO (Alonzo)

9 — Saint Etienne.

CHAMPAIGNE (Ph. de)

10 — Deux petites Filles, vues à mi-corps.
Vente du Maréchal, duc de Feltre.

COLYNS (David)

11 — Le Triomphe de David.

Signé **D. Colyns, 1648.**

COYPEL (Charles)

12 — Jeune Femme en costume de fantaisie.

CRAYER (Gaspard de)

13 — Jésus devant Pilate.

DIETRICH

14 — Portrait de la femme de Rembrandt.

DUPLESSIS

15 — Portrait de Louis XVI.

FETI (Domenico)

16 — Le mauvais Riche.

Composition gravée, provenant **de la** collection Crozat.

FRAGONARD

17 — Deux Nymphes et un Faune qui joue de la flûte.

> Belle esquisse, d'un charmant effet, peinte avec légèreté.

18 — Projet de plafond.

> Esquisse.

FRAGONARD (École de)

19 — Deux Dessus de porte : Vases de fleurs, Instruments de musique, Singes, etc.

20 — Portrait de Sophie Arnould étudiant un rôle dans le foyer de la Comédie-Française.

21 — Amour allumant son flambeau.

GARNIER

22 — Jeune Femme jouant de la harpe.

GERARD (Mlle)

23 — Les Regrets.

GERICAULT

24 — La Justice divine et la Vengeance humaine poursuivant le Crime.

> Esquisse.

GERICAULT

25 — Portrait de femme assise.

25 *bis* — Feuille de croquis à la plume pour le tableau ci-
dessus.

26 — Trois Chevaux, vus de croupe.

GREUZE (J.-B.)

27 — Le Gâteau des Rois.

Belle esquisse.

28 — Tête de jeune fille, vue de trois quarts.

29 — Adam et Ève.

Esquisse

GREUZE (École de)

30 — Portrait de Necker.

31 — Scène du déluge.

GUIDO-RENI

32 — L'Amour.

Vente du Maréchal, duc de Feltre.

HELLEMONT (Van)

33 — Le Savetier.

HERMANS (F.)

34 — Fleurs et Fruits groupés devant le buste de
Cérès.

Très-beau tableau décoratif, signé et daté 1653.

HEUSCH (WILLEM DE)

35 — Paysage. Figures sur une route, au bord d'une
rivière.

HOBBÉMA (Attribué à)

36 — Paysage boisé.

HOREMANS

37 — La Collation.

HUET

38 — La Toupie.

JEAURAT DE BERTRY

39 — Portrait d'homme, vêtu de velours, portant une
cuirasse.

JORDAENS

40 — Figure d'apôtre.

KABEL (Vander)

41 — Port de mer.

KESSEL (Jean Van)

42 — Cours d'eau et grands Arbres; Clocher dans le
lointain.

KLOMP (Albert)

43 — Bestiaux au pâturage.

LANCRET (École de)

44 — Deux Pastorales.

LANEN (Ch. Vander)

45 — Le Trio de musiciens flamands.

LEBRUN (Attribué à Mme VIGÉE)

46 — Portrait de jeune fille.

> Forme ovale.

LE SUEUR

47 — Figure allégorique de la Vérité.

> Petit panneau de décoration.

MARATTI (CARLO)

48 — Sainte Famille.

MAUPERCHÉ (HENRI)

49 — Paysage ovale dans un cadre sculpté.

MEYER (Mlle)

50 — Son Portrait.

MORONE

51 — Portrait présumé de Cosme de Médicis.

MURILLO (Attribué à)

52 — La Conception.

PALAMÈDES

53 — Corps de garde.

PATEL

54 — Paysage avec ruine.

PEETERS (Clara)

55 — Grenades, Fruits, Coquille montée, etc.

POUSSIN (Guaspre)

56 — Le Déluge.

Esquisse.

PRUDHON (P.-P.)

57 — La Poésie et la Musique.

Deux petites esquisses, projets de décoration pour les panneaux exécutés à l'hôtel Lannoy.

QUAINI (Francesco)

58 — Palais vénitien.

RAPHAEL (École de)

59 — Tête de madone.

RIBERA

60 — Saint Pierre repentant.

Vente du maréchal Soult, 1852, n° 19 du catalogue.

RIGAUD (Hyacinthe)

61 — Portrait de Louis XIV, représenté en pied, en costume d'apparat.

Provenant de la galerie du duc de Toscane.

62 — Portrait de jeune femme.

ROBERT (Léopold)

63 — Femme napolitaine.

Étude.

64 — Jeune Fille des environs de Naples auprès d'une fontaine.

65 — Paysanne napolitaine au repos.

ROMBOUTS (Tʜ.)

66 — Un Soudard.

RUBENS

67 — Cavalier attaqué par un lion.

>Épisode d'une chasse au lion (gravé). Collection de sir Gray.
>Nous croyons reconnaître dans ce remarquable tableau la collaboration d'Anton van Dyck.

ROSA (Sᴀʟᴠᴀᴛᴏʀ)

68 — Tobie et l'Ange.

SCHIDONI

69 — Saint François aux stigmates.

SIGALON

70 — L'Amour captif.

>Esquisse.

>Composition gravée.

71 — Saint Jérôme.

SOLIMÈNE (Francesco)

72 — Moïse foulant aux pieds la couronne de Pharaon.

TENIERS (Père)

73 — Deux Types de villageois.

THEOLON

74 — Jeune Fille en chapeau de paille jouant avec un
chien.

THULDEN (Van)

75 — Les Amours moissonneurs.

TOBAR

76 — La Présentation au Temple.
77 — Saint Étienne.

UTRECHT (Van

78 — Pigeonnier.

VALLIN

79 — Tête de bacchante et Tête de jeune fille. Deux
pendants.

VÉLASQUEZ (Attribué à)

80 — Portrait d'un prélat.

VELASQUEZ (École de)

81 — Portrait de Philippe IV.

VERBOECKHOVEN (E.)

82 — La Laitière, Paysage et Bestiaux.

VERBOECKHOVEN

83 — Pâturage.

VERBRUGGEN

84 — Vase de fleurs.

VERNET (Carle)

85 — Cheval blanc au retour de la promenade.

VINCI (École de Léonard de)

86 — Le Couronnement d'épines.

VOS (S. de)

87 — Portrait de femme en costume noir, et fraise tuyautée.

ZURBARAN

88 — Tête d'ange.

ECOLE ANGLAISE

89 — Baptême du prince royal, depuis Georges III, dans la chapelle Saint-Georges au palais de Windsor.

ECOLE ESPAGNOLE

90 — Fruits sur un plat de métal et dans une corbeille.
91 — Portrait de jeune femme.

ECOLE FRANÇAISE

92 — Portrait présumé de Henriette d'Angleterre, femme de Philippe de France.

93 — Quatre Dessus de portes (Instruments de musique).

94 — La Poésie, la Tragédie, la Musique et la Danse. Quatre panneaux décoratifs.

95 — L'Enseigne de l'ancien bal Beaujou.

96 — Le Bain de Diane.

97 — Portrait présumé de Lapeyrouse.

98 — Vue d'un parc.

99 — Deux petits Portraits de femmes en costumes Louis XVI.

100 — Figure de pierrot.

DESSINS ET AQUARELLES

SOUS VERRE

101 — **Beaudoin.** La Fontaine d'Amours (Gouache).

102 — **Bonington.** Le Marché des Blancs-Manteaux (Aquarelle).

103 — **Boucher** (F.). Petit Garçon (Crayons noir et blanc).

104 — **Boucher** (École de). Deux Pastels ovales.

105 — **Corrège** (Attribué à). Deux Têtes d'anges de la coupole de Parme (Pastels).

106 — **De Witt.** Deux Frontispices (Plume et sépia).

107 — **Id.** Bacchanale (Plume et Lavis).

108 — **Fragonard.** Sacrifice (Sépia).

109 — **Id.** Paysage (Sanguine).

110 — **Greuze.** Vieille Femme assise (Sanguine).

111 — **Id.** Son Portrait (Gravé par Flipart).

112 — **Id.** Amours (Encre de Chine).

113 — **Id.** Tête d'enfant (Pastel).

114 — **Greuze** (D'après). La petite Sœur (Pastel).

115 — **Guercino.** Femmes à la fontaine (Plume et sépia).

116 — **Leprince** (J.-B.). Jeune Femme debout (Sépia).

117 — **Id.** Jeune Femme debout (Sépia).

118 — **Prudhon.** Figure allégorique du Commerce et de l'Industrie.

119 — **Prudhon** (D'après). Phrosine et Melidor (Pastel).

120 — **Id.** Plusieurs Dessins sous ce numéro.

121 — **Ricci.** Composition allégorique (Sépia).

122 — **Robert** (H.). Paysage italien (Sépia).

123 — **Vernet** (J.). Paysage (Encre de Chine).

124 — **École française.** Jeunes Dames dans un parc (Aquarelle).

125 — **Id.** Le Bal (Aquarelle).

126 — L'Amour désarmé (Gouache).

127 — Angélique et Médor (Gouache).

128 — **École espagnole.** Petits Mendiants (Encre de Chine).

129 — Sous ce numéro plusieurs Dessins anciens et modernes.

DESSINS ET AQUARELLES

EN FEUILLE

130 — **Bouchardon** (Ed.) Neuf Médaillons : Attributs maritimes (Sanguine).

131 — **Grandville.** Quarante-sept Dessins (Plume et aquarelles) : les Animaux peints par eux-mêmes.

132 — **Granet, Bouton**, etc. Dix Vues de ville et intérieur (Lavis).

133 — **Pérignon, Lallemand** et autres: Douze Paysages.

---

134 — Par divers. Quatorze Dessins : Animaux, Croquis
militaires.

135 — Vingt-huit Dessins attribués à **H. Bellangé**,
Devéria, etc.

136 — Douze Croquis de l'École française.

137 — Douze Dessins flamands et français et deux Gra-
vures.

138 — Quatorze Dessins de l'École italienne.

139 — Quatorze Dessins de l'École italienne.

140 — Dix Dessins ou Croquis, Boucher, Prudhon, Fragonard.

141 — Cinq Croquis : Watteau, Restout, Chardin, etc.

142 — Six Dessins : Chaperon, Vander Meulen, etc.

143 — Dix Dessins au lavis : Monuments et Ornements
de l'École française.

144 — Onze Dessins (Figures allégoriques, Décorations):
Lafosse et autres.

145 — Treize Croquis (Chevaux, Paysages) : Géricault et
autres.

146 — Huit Paysages : Bibiéna, etc.

147 — Cinq Dessins (Portraits) : Ravesteyn, Bega, etc.

148 — Trois Têtes aux deux crayons: Boucher.

149 — Six Dessins (Aquarelle et Sanguine) : Fragonard et
autres.

150 — Quatre Dessins attribués à Tintoret, Corrège, etc.

151 — Deux Dessins : Primatice.

152 — Dix Dessins : S. Bourdon et autres.

153 — Neuf Dessins: Greuze et d'après.

154 — Cinq Paysages: Guardi, etc.

155 — Quatre Sanguines : H. Robert, etc.

156 — Huit Dessins : Lallemand, Patel, etc.

157 — Quatre Paysages : Everdigen, Glauber, Eyckel, etc.

158 — Vingt Dessins des diverses Écoles.

159 — Trente-trois pièces. Etudes de draperies, etc
(École italienne).

160 — Vingt-deux Dessins, Fleurs, Croquis, etc.

161 — Un lot de Croquis, Figures, Paysages, etc.

PETITES PEINTURES A L'HUILE
MINIATURES

---

162 — La Cruche cassée, d'après Greuze,

163 — Bacchante.

164 — Petite Paysanne, genre Greuze.

165 — Quatre petites Miniatures, même École.

166 — Tête d'enfant blond, même École.

167 — Portrait présumé de Rouget de l'Isle.

168 — Cheval blanc (Esquisse peinte), H. Vernet.

169 — Portrait de femme, époque Louis XIII.

170 — Fixé, genre de Raoux.

171 — Portrait d'enfant, les mains jointes, époque Henri IV.

172 — Femme agenouillée, esquisse attribuée à Prudhon,

173 — La Foi, l'Espérance et la Charité.

174 — La Nativité, attribuée à Garofolo.

175 — Deux petits Paysages, genre Fragonard.

176 — Femme couchée, attribuée à Charlier.

177 — Bivouac d'Arabes, peinture sur marbre.

178 — Portrait de femme, époque Louis XVI.

179 — Petite Fille, signée Cardon,

180 — Portrait présumé de Galilée.

181 — Deux Émaux.

OBJETS DIVERS

182 — Deux Meubles d'encoignure, décorés de pastorales et d'ornements dans le goût de Watteau.

183 — Jeux d'enfants, imitations de bas-reliefs par Sauvage.

184 — Canon d'autel, peinture à l'huile de l'École de Watteau.

185 — La Balançoire, médaillon en terre cuite, attribué à Clodion.

186 — Autre médaillon, Nymphe et Faune enfant.

187 — Portrait d'homme, médaillon en terre cuite de Lorraine, signé Cyffle le cadet, 1778.

188 — Femme couchée, marbre de l'École française.

189 — Deux Têtes d'enfants, marbre blanc, travail français.

190 — Deux Bustes en terre cuite, Perresc et de Caylus.

191 — Buste d'Empereur romain, marbre.

192 — Buste d'Enfant, marbre blanc.

193 — Cadre ovale en bois sculpté et doré.

Ves RENOU. MAULDE et COCK, imprs de la Compagnie des Commissaires-Priseurs, rue de Rivoli, 144.   71029